みやかわとしこ

文芸社

「わたしは命に満ちた糸杉。
あなたは、わたしによって実を結ぶ」
旧約聖書ホセア書十四章九節より
『聖書新共同訳』日本聖書協会

目次

「カプールの森」

ここは地球の真ん中辺りにある、山と少しばかりの平地と砂漠の多い土地です。雨があまり降らないので土地はいつも乾いていて、風が谷間に吹くと砂が空に舞い上がり、青い空も茶色に見える日が続くこともあります。ですから山や平地には、草も木もほんの少ししかないのです。

けれども、こんな土地にも人々はたくましく生活しています。

今日も谷間を風が吹き抜けて、空は茶色になっていますが、カプールのお母さんは村はずれの井戸まで、鞍袋をもって水汲みにでかけます。

そうそう、カプールはね、七人兄弟の一番末の男の子なの。お父さんは遠い町に仕事にいって、時々お金をもって帰ってきます。

お母さんは家のまわりに小さな畑を作っていますが、水は一日に何回も、村はずれの井戸まで汲みにいっては野菜畑にその水を注ぎ、七人の子供たちの食べ物を得ているのです。

お母さんが水汲みにいくと、小さなカプールは岩山へ遊びにいきます。谷間に風の吹く日は、岩と岩の間から歌が聞こえてくるのです。

小さなカプールは、お母さんがでかけると急いで岩山めざして走ります。岩山を中ほどまで登ってちょっと下ると、大きな岩の前にでます。

その大きなざらざらした岩肌に耳を当てると「ピーピー」と聞いたこともないきれいな歌が聞こえるのです。

その日の風の強さによって音は違うのです。ですから、カプールは谷間に風の吹く日は「今日はどんな歌が聞けるだろう」ととても楽しみにしています。

今日も、いつものように時間を忘れて岩の歌に聞き入っていましたら、突然強い風が吹き、「ピーピー」という一段ときれいな音と一緒に、もみの木の実が岩と岩の間から飛んできました。大きなもみの木の実でした。

カプールは、「これは岩から生まれた実だ」と思いました。

きっと、この実を家の側に植えれば、岩の歌が毎日聞けると思ったのでしょう。カプールはもみの木の実の皮を一枚一枚はがして、種をとり、お母さんの畑の側に、もみの木の種を一粒ずつたくさんまいたのです。

それを見ていたお兄ちゃんたちは大笑いして言いました。

「水がないのに芽がでるはずがないよ」と。

そこでカプールはお母さんの真似をして、井戸にいって水を汲むことにしました。

水の入った鞍袋を運ぶのは、小さなカプールには大変な仕事でした。

「今にあきらめるさ」とお兄ちゃんたちは思っていたのですが、岩の歌が聞けると信じているカプールは、毎日毎日水汲みをしては岩の歌の種に水をやりました。

一週間、一ヵ月、そして一年、二年、三年と続いたのです。

時々お兄ちゃんたちも手伝ってくれるようになりました。

カプールは思ったのです。お母さんだってずっと水汲みを続けているのだもの、「僕にだってできるぞ」って。

その間に上のお兄ちゃんたちは次々と町へ仕事にいって、家にはカプールとお母さんだけになりました。

五年もすると、もみの木はカプールの背丈より高くなりました。でも、まだ歌は歌ってくれません。

そうこうしているうちに、来年はいよいよカプールも町に働きにいかなければなりません。もみの木に水をやる人はだれもいなくなります。お母さんだって年老いて、もう水汲みもつらそうだし、これ以上はお願いできません。せっかく森のように伸びたのにとても残念です。

カプールは神様にお祈りしました。

「神様、一度だけでもいいですから岩の歌を聞かせてください」

その年の暮れ、風が冷たくなったころ、カプールは病気になってしまいました。何日も何日も熱が下がりません。

もちろん、もみの木の森に水をやるものはだれもいません。

カプールの体が弱るように、もみの木の森もだんだんうなだれてきます。

そんなもみの木を見て、カプールはいても立ってもいられず、そっと家を抜け出して、冷たい風の中、水汲みに出かけました。

病気のカプールには水の入った鞆袋はとても重くて、まるで大きな岩が入っているように思えました。

カプールは、「岩の歌を聞きたいよ、岩の歌を歌っておくれ」と言いながら、もみの木に水を注ぎました。

次の日の朝のことです。山の向こうの谷間から冷たい風が吹いてきました。岩と岩の間を通り抜け、もみの木の森の間を縫って風は走ります。

すると、どうしたことでしょう。岩と岩の間を通り抜ける風の音と、もみの木の森を走り抜ける風の音とが、きれいなハーモニーで合唱したのです。

その音が天に届いたのでしょうか。今度は雨雲が森の上に集まってきて、銀色の雨が降ってきました。岩と森と雨の大合唱が始まりました。しばらくすると雨水が集まってきて、細い川になって流れ出し、サラサラサラサラと川も歌いだしたのです。

それは、この世で聞いたこともないような、とてもきれいな音楽でした。
村の人々も外に出てきて聞きほれていました。
お母さんは急いでカプールの寝ているベッドのそばへいってみました。
カプールの顔はとてもとても幸せそうに笑っていました。
しかし、カプールは、もう息をしていませんでした。

カプールは岩の歌ともみの木の歌と雨の歌と川の歌たちと一緒に、茶色の空のはるか向こうに見える、青い空の上に行ってしまったのでしょうか。

その後、もみの木の森にはいつも雨が降るし、川も流れていますから、お母さんはもう、水汲みにでかけなくてもよくなりました。
村の人々も、カプールのように自分の土地にもみの木の種をまき始めました。

今では大きなもみの木の森が村をやさしく包んでいるのです。
そして風の吹く日は村全体が歌っているように聞こえるのです。
人々はいつの間にか、この森を「カプールの森」と呼ぶようになりました。

「羽のないちび白鳥」

緑のもみの木林の小道を下っていくと、キラキラと輝く小さなお池にたどりつきます。

そこではいろいろな動物たちが毎日水遊びをしています。お池のまわりの木々の葉が秋色の衣をぬぎ、お池に赤や黄色の葉っぱが落ちた朝、冬の精が東の空から、お日様を連れてやってきました。するとお池のキラキラ水は金色に輝きます。

草花は、葉っぱについた真珠のような露をおいしそうに吸って、お池の動物たちに朝のご挨拶をしています。

次に冬の精は小鳥たちを呼んできて、お池のキラキラ水を飲ませます。

そこへ、東の空から真っ白雲がお池に降りてきました。

いいえ、それは真っ白雲ではなくて、一羽、二羽、三羽……数え切れないくらいたくさんの白鳥たちでした。

白鳥たちはお池に丸い輪を描いて、キラキラ水の上を踊りだしました。

その輪の真ん中で一羽のちび白鳥がみんなに遅れないようにと、一生懸命踊っているではありませんか。

みんなはそんなちび白鳥を見て、今度はちび白鳥に合わせるように、ゆっくりと踊りだしました。

なぜならば、ちび白鳥の背中には羽がなかったからなのです。

でも、ちび白鳥は自分に羽がないことに気づいていません。

飛ぶときには、いつもお父さんの背中に乗っていましたからね。

お母さんも兄弟たちも、ほかの白鳥たちも、いつもちび白鳥を真ん中にして、お池で毎日楽しく遊んでいました。

だから、ちび白鳥は羽のないことはもちろんのこと、悲しいとも、寂《さび》しいとも思ったことは一度もありませんでした。


やがて、冬の精が遠くの国に旅立つ時がやってきました。白鳥たちも、一緒に旅立たなければなりません。

仲間の白鳥たちはちび白鳥のことを思うと悲しくてなりません。

遠い旅では、もうお父さんの背中に乗せてもらうことは無理でした。

どうしたらいいのでしょう。みんなは毎日毎日考えました。

とうとう北の空に、出発の合図の七色の虹が現れました。

冬の精が出発の支度を始めました。白鳥たちはちび白鳥のそばを、なかなか離れることができません。しかし、春の精の声が遠くから聞こえてくると、ほかの白鳥たちは仕方なく旅支度を始めました。

お池の片隅ではちび白鳥を真ん中にお父さんお母さん、兄弟たちはどうしても動くことができないでいました。

そのときです。冬の精が真っ白雲を連れて、お池のキラキラ水の片隅に降りてきました。

そして、真っ白雲はちび白鳥をそっと包んだのです。

するとまぁ、なんということでしょう！　ちび白鳥の背中に素敵な羽がついているではありませんか。

そうです。冬の精がちび白鳥を思う、みんなの心に動かされたのでしょうか。それとも、羽のないちび白鳥をたいそう哀れんだのでしょうか。

ほかのだれよりも素敵な真っ白雲の羽をもらったちび白鳥は、冬の精と仲間の白鳥たち、お父さんお母さん、兄弟白鳥と一緒に、七色の虹を目指して空高く旅立ちました。

「ユッサ村長さん」

ここはもみの木に囲まれた小さな村です。村には車も電話もありません。もちろん冷蔵庫もテレビも洗濯機もないのです。

それでも村の人たちは、みんなひとつの家族のように心配したり、助け合ったりしていましたから、とても満足して暮らしていました。

この村の村長さんは白く長いおひげを生やし、目は三日月様のように細くて、いつも笑っているように見えます。歩くときは大きなお腹を突き出して、ユッサユッサと揺れるように歩くので、子供たちはユッサ村長と呼んでいます。

ユッサ村長さんの家は、小さな村の真ん中にある大きな家です。

村の人々が朝から晩まで、その大きな家に集まっては、「豚さんが逃げた」とか、「カラスがいたずらするからどうしようか」とか、話にくるのです。ですから初めて村に来た人はだれに聞かなくても、一目で村長さんの家がわかるのです。

先日も遠いところから、三人の人がユッサ村長さんのところを訪ねてきて、少しだけお話して急いで帰りました。

その後のユッサ村長さんは、三日月様のような目は笑って見えるのですが、その目から涙があふれているではありませんか。それから毎日毎日そうなのです。

家族も村の人も「悩み事があったら言ってください」とお願いするのですが、ただ「ありがとう」と言うだけです。

そして、村はずれのもみの木の向こうを見ては涙を流しています。

ユッサ村長さんにはひとりの息子がいました。家族や村の人たちにも愛されて育てられました。しかし、十五歳になると村の外へ行ってみたいと言うのです。

みんなはとめました。

「町に行くと悪い人が大勢いるよ」とか、「こわい病気にもなる」とか言ったのですが、若い彼は車とか電話とか、テレビとかにあこがれて町へ行ってしまったのです。

先日、訪ねてきた三人はその町の人たちでした。

三人は、村長さんにお礼を言いに訪れたのです。

「村長さん、あなたの息子さんに私たちの町は助けられました。ありがとうございます」

ユッサ村長さんは目をパチクリして、

「それはどういうことですか?」

「先日、わたしたちの町は大嵐に遭いましてね。町の人々は台風がくることをテレビで見て知ってはいたのですが、いつものことだと思って、大して気にかけなかったのです。だって町はずいぶんと整備されていて、いざって時には車もあるし、家も頑丈だし、橋だってコンクリートでできているし、大丈夫だって、みんな思っていたのです。それにあぶないときはテレビが教えてくれるから、ご近所に注意をしましょう、なんて声をかけることもなかったのです。

その間に空は恐ろしいくらい、黒い雲で覆われ、強い風とカミナリの音で窓ガラスがガタガタし、地面も揺れているようでした。

それでも町の人々は心配をしなかったのです。

今度は空が割れたかと思うほどに強く雨が降って、しばらくすると町の真ん中を流れている川の水があふれ、家の中に入ってきて、やっと大変だってことに、みんなは気づいたのです。

でも、その時はもうおそかったのです。

水の勢いで木は折れて流され、橋も壊され、堤防もくずれたのです。

けれども、町の人々は隣の人のことを心配するまでは、気が回りません。

めいめいが自分勝手に騒いでいて、自分のテレビや家具を運ぶことしか考えていませんでした。

そんな中、赤ちゃんが川の濁流に飲まれそうになっていました。

みんなは、そのことに気づいていても〝ああ、かわいそうに〟と言うだけで、助けることはしませんでした。

すると、ひとりの少年がうねりをあげている濁流にとびこんだのです。

そして、赤ちゃんに近づいては流され、流されては近づくのくり返しでしたが、あきらめませんでした。そして、とうとう赤ちゃんを抱えたのです。

するとどうでしょう。今まで見てみぬふりをしていた町の人たちは、その少年が赤ちゃんを助けるために、大きな恐ろしい怪獣のような川とひとりで戦っているのを見て、自分たちが恥ずかしくなったのでしょうか。みんな出てきて、助け合いながら赤ちゃんを救ったのです。

しかし、その少年は流されてしまって、行方がわからなくなりました」

その少年は村長さんの息子さんだったのです。

三人は「町の人たちは、助け合う心といのちが一番大切だという心を取り戻しました。ありがとうございます」と言って帰っていったのです。

ユッサ村長さんは村の人たちのだれにも言わずに、毎日毎日もみの木の向こうを見ては涙を流していました。

毎日、泣いているものですから、三日月のような目は細くなって、とうとう糸目になってしまいました。
それからひと月も泣いていたでしょうか。

ある日の朝、ユッサ村長さんは、「息子はきっと生きている」と信じて、村の真ん中の大きな家の庭に一本のもみの木を植えました。そして、その木に「いのちの木」と名前を付けたのです。

ユッサ村長さんの心の中では、息子さんが永遠に生きているのですね。
今日もユッサ村長さんは、もみの木の向こうをずっと見ていましたが、もう涙があふれることはありませんでした。

「美しいもみの木」

雨上がりのもみの木の森はお日様の光で、まるで宝石のように輝いています。その中でもひときわ背が高く、姿の美しいもみの木が一本ありました。

彼はいつも雨上がりには特別美しく、クリスマスツリーのように、枝先の雨のしずくは七色に輝き、みんなが見とれてしまうほどです。

彼は自分が美しいなんて、ちっとも思っていなかったのですが、ほかのもみの木や森の動物たちや村人たちが「なんて美しいんだろう」って、口々にいうものですから、だんだん自分は特別なもみの木だと思うようになりました。

ある日のこと、おしゃれな彼は枝のほこりをはらうために、風にのって枝をゆらゆら揺らしていました。すると枝と枝の間から、バサッと彼の根元に小鳥の巣が落ちてきたではありませんか。

彼はそれをチラッと見て、知らんぷりをしていました。

そこへ小鳥のお父さんとお母さんが、小枝を口にくわえて、帰ってきました。

「まあ、あなたはなんということをしてくれたの。子供たちのために一生懸命お家を作っていたのに」

彼はすずしい顔で上品に言いました。なぜなら美しい彼は、決して顔をゆがめるような醜い表情はしないのです。

「だれが僕の枝に巣を作ってもいいと言いました?」

小鳥のお父さんやお母さんはプリプリ怒りながら、ほかのもみの木に移ってしまいました。

彼は思いました。

「僕のこの美しい木に鳥のフンなんかついたら大変だ」

こうして彼は、風が吹くと枝についたほこりを払い、雨が降るとからだを洗い、雨上がりには森一番の美しい木になって、一段と輝きを増し、美しさを誇りにして、毎日を暮らしていました。

もみの木の森に春がくると、それはそれはにぎやかになります。

もみの木に巣を作った鳥たちは「ピーピー」とお空に向かって歌いだすし、赤ちゃん小鳥も、お父さんとお母さんのまねをして「プープー」って歌います。

動物たちも穴から顔をだして、毛並を整えて森の散歩に出かけます。

虫さんたちだって、そろそろと顔をだしてあたりを見回しています。もみの木たちも新しい枝が生え、生まれたての薄緑色の葉を揺らして小鳥たちを誘っています。とにかく春のもみの木の森はにぎやかです。その中で美しい彼だけは、相変わらず背筋をピーンと伸ばして、「僕はきれい」って立っているものですから、動物たちも、虫も小鳥も近寄っていけないのです。

でも、だれが見ても彼は森の中で一番輝いています。

春の柔らかな光が、彼の美しい枝と枝の間を通り抜けるとき、緑の葉がキラキラと光り、土の上にはふんわりと光の模様ができるのですもの。

夏になると、もみの木の色は濃い緑になり、そのころは、遠くからもいろいろな種類の鳥がもみの木に休みにきます。もみの木の森は鳥たちのホテルのようです。

でも彼だけは、だれも泊めてあげません。せっかくの濃い緑が汚れてしまいますもの。

彼の楽しみは森のそばにあるお池に自分の美しい姿を映してみることです。彼はあまりの美しさに、自分でもうっとりとしてながめています。

秋が来ました。森の木々は赤や黄の色とりどりに染まる中で、もみの木だけはずっと緑に輝いています。

でもよく見るとちょっとだけ違います。そう、ほかのもみの木は大きな茶色の実をつけているのです。

森のもみの木にも赤ちゃんが生まれるのですね。

動物たちも小鳥もいそがしく、もみの木の森を走り回って、寒い冬に備えて木の実を集めています。

あの美しいもみの木はどうかしら？

彼だけは実がついていませんでした。だって、彼は緑一色が好きなんですもの。茶色が混ざるなんて、とんでもないことなのです。彼は相変わらず雲にそびえるように立っています。

寒い北風が吹くころ、森の動物たちは寄り添って穴の中に入ります。仲間のもみの木たちも互いに枝と枝を絡ませて、風から小鳥の巣を守ってあげています。

そんな様子を見下ろして、彼はなんだか心がチクチクしだしました。でも美しい彼は、心のチクチクになんかに負けられません。なぜなら、「僕は森一番の木」ですもの。

やがて、白い鳥が舞い降りるように雪が降ってきました。

緑のもみの木の森は、白いもみの木の森に変わりました。それはもうすぐクリスマスが近づいたしるしです。

ある日、村人がもみの木の森に入ってきました。

「ああ、これこれ！　この木が一番美しいから、これを町の真ん中に植えよう」と言って美しい彼に近づいてきました。大勢の人が彼の根っこを掘り、車に積んで町の広場に彼を植え直しました。

美しいもみの木は森のみんなから離れて、町の広場で一人、天を見上げて立っています。

その体には赤、黄、青、緑、ピンク、金、銀、のイルミネーションが巻き付いて、頭には紙で作ったお星様の帽子をかぶらされ、夜になると電気がともって、とても華やかに輝きますが、昼は電気のコードが彼に幾重にもからまり、縛られているように見えます。

みなさんもクリスマスツリーのもみの木が町の広場で輝いていたら、緑の森からひとりだけ連れてこられたもみの木なのだと思って、声をかけてあげてくださいね。

きっと、彼は緑のもみの木の森のみんなを、思い出すことでしょう。

郵便はがき

恐縮ですが
切手を貼っ
てお出しく
ださい

1 6 0-0 0 2 2

東京都新宿区
新宿 1－10－1

（株） 文芸社

ご愛読者カード係行

書　名				
お買上 書店名	都道 府県　　　市区 郡　　　　書店			
ふりがな お名前			明治 大正 昭和　　年生　　歳	
ふりがな ご住所	□□□-□□□□		性別 男・女	
お電話 番　号	（書籍ご注文の際に必要です）	ご職業		
お買い求めの動機 1. 書店店頭で見て　2. 小社の目録を見て　3. 人にすすめられて 4. 新聞広告、雑誌記事、書評を見て（新聞、雑誌名　　　　）				
上の質問に 1. と答えられた方の直接的な動機 1. タイトル　2. 著者　3. 目次　4. カバーデザイン　5. 帯　6. その他（　　　）				
ご購読新聞　　　　新聞		ご購読雑誌		

文芸社の本をお買い求めいただき誠にありがとうございます。
この愛読者カードは今後の小社出版の企画およびイベント等の資料として役立たせていただきます。

本書についてのご意見、ご感想をお聞かせください。

① 内容について

② カバー、タイトルについて

今後、とりあげてほしいテーマを掲げてください。

最近読んでおもしろかった本と、その理由をお聞かせください。

ご自分の研究成果やお考えを出版してみたいというお気持ちはありますか。

ある　　ない　　内容・テーマ（　　　　　　　　　　）

「ある」場合、小社から出版のご案内を希望されますか。

する　　しない

ご協力ありがとうございました。

〈ブックサービスのご案内〉

小社では、書籍の直接販売を料金着払いの宅急便サービスにて承っております。ご購入希望がございましたら下の欄に書名と冊数をお書きの上ご返送ください。（送料１回210円）

ご注文書名	冊数	ご注文書名	冊数
	冊		冊
	冊		冊

「赤いマントの女の子マーヤ」

あんなに寒かった冬も過ぎ去って、春がもみの木の森にももどってきました。

木々には新しい芽が吹き、太陽もやさしく微笑み、森の動物たちは柔らかな土の上で、再びよろこび跳ね回っています。

村にある古い教会の鐘もなんとなくうれしそうに、カーンカーンと鳴っています。

その教会の三角屋根の上に立っている十字架を、さっきからジッと、見つめている女の子がいました。

みるからに上等な生地の赤いマントを着た、痩せっぽちの女の子です。十字架を見上げている目は大きく、顔色は白いというより青ざめていて、まるで昨日まで、「病気だったの?」って思われるような子でした。


彼女の名前はマーヤ。まだ五歳です。赤いマントはマーヤのお気に入りで、お出かけの時はいつも着ているのです。

マーヤのお父さんとお母さんも二人のお兄ちゃんたちも、本当の家族ではありません。

マーヤの生まれたところは川向こうの小さな粗末な家でした。

マーヤはその小さな家で、本当のお父さんとお母さんと三人で暮らしていたのです。マーヤが二歳くらいまでは貧しいながらも、お父さんもお母さんも仲良くて楽しい生活でした。

ところが、雨が何日も続き、真っ黒な空から稲妻が走る夜を境に、お父さんとお母さんは口ゲンカをするようになり、そればかりか、お父さんはお酒を飲むと、お母さんを殴るようになったのです。

最初はマーヤを抱いておびえていたお母さんも、だんだん力がなくなり、お薬を飲んでは一日中、眠っているようになりました。

二人がケンカをしている時、小さなマーヤは怖くて裸足のまま、近くのもみの木の森に逃げていきます。そして、もみの木にしっかりと抱きついているのです。

夜の森は暗くて寒かったのですが、もみの木の木肌は温かく、震えているマーヤをふんわりと包んで、守ってくれているようでした。

夜明けごろ、マーヤはそっと家に帰り、自分のベッドに入ります。

そんなことが毎日のように続きました。

マーヤが五歳になった冬の夜、またお父さんとお母さんの大ゲンカが始まり、マーヤは裸足でもみの木の森まで走ります。その道をお月様が銀色に照らしてくれました。

その夜、初めてマーヤはもみの木にしがみついて、ワーワーと声を上げて泣きました。

もみの木の枝が、そっとマーヤの頭をなでてくれました。

泣きつかれたマーヤは朝までもみの木の根っこで眠ってしまい、木の上で小鳥が鳴くころになって、やっと家に帰りました。

すると警察の人や村の人が、マーヤの家に集まっているのです。

マーヤの家のリビングの床の上で、お母さんは死んでいました。そして、お父さんはどこかにいってしまいました。

その日から、マーヤは今の家族の子になりました。

新しいお父さんもお母さんもとてもやさしく、マーヤを本当の娘のように育ててくれます。朝の「おはよう」のキスだって、夜の「お休み」のキスだってマーヤには初めてのことでした。お兄ちゃんたちも「マーヤ、マーヤ」って、一緒に遊んでくれます。でも、マーヤはだれともお話をしませんでした。しゃべることを忘れてしまったのでしょうか。

いつものようにみんなに「お休み」のキスをしてもらったマーヤは、黙って自分のお部屋に入り、ベッドの横の窓を開けます。

暗くて何も見えないのですが、窓の向こうには以前の小さな家と、もみの木の森が見えるはずです。

もう森に逃げていくこともなくなりましたが、マーヤは毎晩寝る前に窓を開けて、何も見えない外を見ているのです。

今日は新しい家族と一緒に復活祭《イースター》のお買物に来たのです。マーヤにとっては初めてのお買物でした。

でもマーヤはさっきからずっと教会の三角屋根の十字架だけを不思議そうに見つめているのです。

お父さんとお母さんが、「さあ、マーヤ帰りましょう！」と声をかけました。

マーヤは小さな声で聞きました。

「あの木は何？」

お話ができなかったマーヤがしゃべったのです。

お父さんも小さい声で、「あの木は十字架といって、神の子イエス・キリストが、人間の罪をご自分が背負って、身代わりに十字架に架かってくださったしるしだよ。神様はみんなを愛しているよといって十字架は立っているのだよ」

マーヤは、コックンとうなずいてぼそぼそと言いました。

「あの夜ね、マーヤのお家の屋根の上に、一晩中、あの十字架が立っていたのよ」

マーヤは今晩も窓を開けて何も見えないのに、川向こうの小さなマーヤの家と、もみの木の森を見ているのです。きっとマーヤにはあの十字架が見えているのでしょうね。

マーヤのお気に入りの赤いマントは、病気のお母さんが自分のたった一枚のコートをほどいて、毎日少しずつマーヤのために縫っていたものだったのです。

著者プロフィール
みやかわ としこ
1939年生まれ　神奈川県在住
現在、イエス・キリストもみの木宮前教会・イエス・キリストもみの木三郷教会にて教会カウンセラーとして奉仕。
1996年より地域情報紙「I and You　わたしとあなた横浜ネットワーク」こころの広場を担当。

もみの木

2002年7月15日　初版第1刷発行

著　者　みやかわ としこ
発行者　瓜谷 綱延
発行所　株式会社 文芸社
〒160-0022　東京都新宿区新宿1-10-1
電話　03-5369-3060（編集）
03-5369-2299（販売）
振替　00190-8-728265

印刷所　東銀座印刷出版株式会社

ISBN4-8355-3919-2 C8093